학교는 입이 크다

교사 시인 박일환의 청소년시

학교는 입이 크다

박일환 시집

한티재

| 차 례 |

제1부

어린 염소의 등극

제2부

선생님은 순진해

제3부

학교는 입이 크다

제4부

날개의 행방

제1부

어린 염소의 등극

어린 염소의 등극

선생님!

시험 문제가 왜 그래요?

시험지를 막 씹어 먹고 싶었어요!

조건반사

자두는 시다
생각만 했을 뿐인데
입안에 침이 고이는 건
조건반사 때문이다

예나는 예쁘다
생각만 했을 뿐인데
입이 벙싯거려지는 것도
조건반사 때문일까?

슬쩍 바라볼 때마다
홱 돌아가는 예나의 고개만큼은
조건반사가 아니라
우연의 일치일 거라고 믿고 싶다

바보라고 욕해도 할 수 없다

새들의 교실

교실에만 앉아 있으면 새가 되는 친구들이 있다

미혜는 수다쟁이 새
내내 지저귀다 새장 밖으로 쫓겨나기도 한다

새롬이는 날아다니는 새
새장 밖 허공을 헤매다 꿀밤을 맞기도 한다

꾸벅꾸벅 조는 새가 있는가 하면
교과서에 부리를 박고 열심히 쪼아대는 새도 있다

교과서만 덮고 나면
새대가리처럼 모든 걸 까먹는 나는
전생에 까마귀였을까?

갸우뚱거리는 사이에 끝종이 울리고
교실은 감춰둔 날개 펴는 소리로 요란하다

강아지풀

엄마랑아빠랑싸워서저는친구집에서자가지구교복도없고
그래서요내일꼭갈게요죄송해요

문자를 찍고 돌아서는데
어느새 가을이 왔는지
훌쩍, 키만 커 버린 강아지풀이
저만치서 바람에 흔들리고 있다

별은 숨어 있는 게 아니다

별이 안 보인다고 투덜대자 별이 조용히 속삭였다
눈을 감아봐, 그러면 내가 보일 거야

네가 좋아하는 소희 얼굴도 그렇잖니?

독도의 꿈

뛰어들고 싶어라
저 바다
눈부신 햇살을 가르며
친구들은 신나게 헤엄쳐 가는데

나 홀로 외로운
스탠드
목발을 노 삼아
저어 가고만 싶은……

자이로드롭

낙하 거리 35m
낙하 시간 2.5초
낙하 속도 시속 94km

아아악~!
비명소리와 함께 곤두박질친
기말고사 내 성적표

체르니 30번

학교 갈 때마다 만나는 횡단보도
이편에서 저편 사이에 그어놓은 선들이
하얀 건반을 닮았다

아빠가 직장에서 쫓겨난 뒤
덩달아 쫓겨난 내 피아노
나중에 다시 사 주겠다고 약속한 게
벌써 5년 전이다

이제는 나도 안다
횡단보도를 버리고 돌아갈 수 없는 것처럼
피아노가 있던
그 옛날의 내 방으로 돌아갈 수 없다는 걸

초록불이 들어오면 씩씩하게
횡단보도 하얀 건반을 밟으며 건너지만
자주 틀리던 체르니 30번

처음부터 다시, 쳐보고 싶을 때 있다

슬픈 ㄹ

소나무는 솔과 나무가 합쳐진 말이야
합치면서 발음을 쉽게 하려고
ㄹ을 떨어뜨린 거지
하느님, 따님 같은 말도 마찬가지란다

어떤 말이 더 있는지 생각해 보라는
국어선생님 말을 들으며
새 아빠랑 살림을 합치면서
할머니 집에 나를 떨어뜨리고 간 엄마를 생각했다

나도 변태일까?

새벽에 몽정을 했는데
어른들은 부끄러운 일이 아니라고 하지만
나는 창피하다
아니 왠지 죄를 지은 거 같다

새벽에 나타난 여자는 누굴까?
내 거시기를 만지던
그 여자를 왜 밀쳐내지 못했을까?

여자들도 생리를 할 때
죄를 지은 거 같을까?
하루 종일 쓸데없는 생각만 하는 내가
변태 같다

"야, 변태야!"
소리를 듣고도 싱글거리는
야동 마니아 우리 반 상수가 새삼 존경스럽다

달리는 자전거

달리는 자전거는 넘어지지 않는다는 말이 있는데
그건 하나만 알고 둘은 모르는 말이야
달리고 있어서가 아니라
내가 타고 있기 때문이거든
내가 핸들을 잡고 페달을 밟기 때문이란 걸
잊으면 안 돼

내 삶도 그럴 거야
내가 내리지 않는 한 넘어지지 않을 테니
자, 오늘도 힘껏 밟아보자
나만의 자전거를 타고
아직 가본 적 없는
저기 숨찬 고갯길도 설레며 넘어가보자

꼭지가 돌다

친구가 카톡에다 나 몰래 내 뒷담을 깠다
나도 화가 나서 친구 뒷담을 깠다

맞장구가 나올 줄 알았는데
욕이 마구 날아왔다

억울하고 분해서 카톡을 닫고 나왔지만
머리 뚜껑이 닫히지 않는다

압력밥솥 꼭지가 왜
쉭쉭 소리를 내며 돌아가는지 알겠다

괜찮은 인간

텔레비전에 나온
여자가 말했다.
예쁜 것도 죄가 되나요?

텔레비전에 나오지 못하는
여자 친구가 말했다
나도 예뻐지고 싶어!

예쁜 탤런트와
안 예쁜 여자 친구가
텔레비전 안과 밖에 산다

텔레비전 밖에 사는 나는
당연히 여자 친구를 응원해야 하지만
텔레비전 안의 여자에게 눈길이 간다
나도 별 수 없는 인간이다

그래도 여자 친구를 배신할 맘은 없으니

그런 대로 괜찮은 인간이기도 하다

의리에 대해

의리 없이 혼자 가냐?
의리 없이 혼자 먹냐?
의리 없이……
의리 없이……

세상에서 가장 무서운 말이
의리 없는 놈이라는 말이다

청소도 같이 도망가야 하고
담배도 같이 피워야 하고
매도 같이 맞아야 한다

오늘도 친구들이 피시방에 가자고 꼬신다
안 돼, 내일부터 시험이야!
머리는 가지 말라고 붙잡지만
몸은 슬그머니 친구 뒤를 따른다

의리 없이 따로 놀기 좋아하는
몸과 마음 때문에
내 인생이 자꾸만 꼬여간다

후유증

밥을 너무 많이 먹었나 봐
졸려

운동장에서 너무 많이 뛰었나 봐
졸려

공부를 너무 많이 했나 봐
졸려

게임을 너무 많이 했나 봐
신 나

털어놓지 못한 비밀

너도 이제 고등학생이 됐으니
술 한 잔쯤은 마실 줄 알아야지?
식당에 삼겹살 먹으러 간 날 아빠가
내게 소주잔을 내밀었을 때
에이, 전 술 같은 거 안 마셔요
놀라는 척 뿌리쳤지만
작년에 벌써 친구들과
맥주도 마시고 소주도 마셔봤다는 걸
아빠는 알까?
알면 뭐라고 하실까?
괜히 찔려서 삼겹살이 목에 걸릴 뻔했는데
순진한 애 버려놓지 말라며
아빠를 흘겨보는 엄마 때문에
나는 또 얼굴이 달아올라
물을 마시는 척 얼른 고개를 숙였다

제2부

선생님은 순진해

도토리 교실

인터넷 검색어 1위는
맨날 바뀌는데

시험 칠 때마다
우리 반 1등은 바뀌지 않네

벌점 1위를 도맡아 하는
나 역시 변함이 없지만

검색어 순위에 오르지 못하긴
둘 다 마찬가지

그렇다면 우린 다 같은 도토리?

종례 시간

자상하신 거 알아요
집에 가다 사고 날까 걱정해 주시는 마음
고맙지요

내라는 거 제때 안 내고
청소 안 하고 도망가는 친구들이 있다는 것도
인정해요

오늘 수학시간에 많이 떠들었다는 것도
완전 인정!

그래도 옆 반은 청소까지 끝났는데
마침표를 모르는 담임선생님
점 하나 찍는 게 그렇게 힘드세요?

선생님은 순진해

화분에 물을 줬더니
밑으로 줄줄 샌다

"화분 받침대가 없어서 그렇구나."
말씀을 마친 선생님이
화분 받침대를 가져오더니 한마디 던진다
"이걸 보면 뭐가 생각나니?"
"에이, 화분 받침대 같은 사람이 되라는 거죠?"
내 말에 머쓱해진 선생님이 머리를 긁는다
"우리에겐 선생님이 화분 받침대 같은 분이에요."
나도 모르게 튀어나온 말에
화분에 핀 꽃처럼 선생님이 활짝 웃는다

공책

맨날 엎드려 자는
내 친구 동현이 공책은
정말로 공(空), 책이다
텅 비었다

좋아하는 마음

국어시간에 짧은 글짓기를 했다
'나는 (　　)을/를 좋아한다' 라는 문장에
괄호를 채워 넣으면 되는 거라서 솔직하게
'나는 지호를 좋아한다' 라고 썼다
지호와 내가 사귀는 건 선생님도 안다

지호는 뭐라고 썼을까?
당연히 내 이름을 썼겠지?
마침 선생님이 지호가 쓴 걸 읽어준다
'나는 하늘색을 좋아한다'
살짝 실망스러웠는데,
게임이나 영화 같은 걸 쓴 애들에 비해
지호는 순수한 마음을 간직하고 있는 것 같다는
선생님의 말이 뒤따라 나왔다

이번 달에 용돈 받으면
지호에게 하늘색 티를 사줘야겠다

말은 청산유수

가재는 뒤로만 간다는데
네 성적이 딱 가재걸음이구나

내가 가재면 엄마도 가재잖아요
그리고 가재는 깨끗한 물에서만 산대요

요 녀석
옆으로 빠져나가려고 하는 걸 보니
가재 닮은 게로구나

가재는 게 편이잖아요
엄마는 그것도 몰랐어요?

우울한 지구에 대한 보고서

선생님이 생활기록부에 적는다고
홍미와 특기를 하나씩 적어 내란다

고민 끝에 이렇게 적어 냈다

홍미 — 지구의 미래에 대해 걱정하기
특기 — 지구와 대화하기

선생님이 걱정스러운 표정으로 나를 바라보더니
다시 적어 내란다

지구보다 나를 더 걱정하는
우리 선생님 때문에
지구가 참 우울하시겠다

UFO

미확인 비행물체가 떴다

남들은 보지 못했다고 하지만
나는 분명히 보았다

점심시간 끝나고 5교시 수학시간
창문 밖에서
번쩍!

졸고 있는 내 영혼을
데려가기 위해 나타난 비행물체에
잽싸게 올라탄 뒤
행복한 마음으로 눈을 감았다

삼선슬리퍼

나는 등에 줄무늬가 세 개 그려진 삼선슬리퍼야 네가 삼년 동안 교실에서 나를 신고 공부하느라 힘들어할 때 나는 네 발 냄새를 견디느라 힘들었어 네가 복도에서 삼식이처럼 마구 뛰어다닐 때는 너의 발에서 떨어지지 않으려고 헐떡이기도 했지

아무튼 졸업을 축하해 먼 훗날 혹시라도 정든 교실을 그리워하게 된다면 네가 교실 구석에 버리고 간 나를 살짝 기억이라도 해 줄래? 한때는 너의 친구였던, 삼선짜장도 아니고 삼선짬뽕도 아닌 삼선슬리퍼를 말이야

간사한 마음

휴지는 휴지통에!
(버리지 마세요)
꼭 그렇게 말하는 것 같다
교실 여기저기에 널린
저 버림받은 휴지들을 보라

오늘은 내가 청소당번이다

비엔나소시지

화장실에 숨어들 때도 줄줄이
학생부실에 끌려갈 때도 줄줄이

그날의 고자질은
줄줄이 새어나온 연기가 해주었다지

미친 년

답안지를 밀려 썼어
그것도 모른 채 시험 잘 봤다고
자랑까지 하고 다녔지
엠피쓰리 바꿔 준다는 엄마 말에
졸라 열심히 했는데
답을 밀어 내면서
엠피쓰리도 밀어낸 셈이 됐으니

나 미친 년 맞지?

무릎담요

할머니만 무릎이 시린 게 아녜요
겨울에 교실에 앉아 있어 봐요
무릎이 얼마나 시리다고요

마음까지 시려지기 전에
무릎담요로 잘 덮어줘야 해요

친구와 나란히 덮고 있으면
추운 교실쯤 얼마든지 견딜 수 있으니
하늘을 나는 양탄자는
동화 속 왕자님이나 타고 다니라고 해요

컴사*를 날려라

기말고사 마지막 날 마지막 시간

종 치기 10초 전

열
아홉
여덟
일곱
여섯
다섯
넷
셋
둘
하나!

종소리와 함성 속으로
일제히 날아오르는 컴사!

* 컴사 : 컴퓨터용 사인펜

어느 날의 일기

바람은 어디에서 불어오는 걸까?
바람을 따라가면 어디가 나올까?

바람처럼 왔다 가는 게 인생이라고
어젯밤 아버지가 술 취해 말씀하셨지만

나는 왜 태어났고
내 인생은 어디로 가게 될까?

엄마는 늘
쓸데없는 생각 말고 공부나 하라는데
쓸 데 있는 생각은 어떤 걸까?

친구도 귀찮고
공놀이도 귀찮고
스마트폰도, 컴퓨터도 시들한 날

무작정 집을 나오긴 했지만
마땅히 갈 데는 없고
집도 없는 저 바람은
자기가 가는 곳을 알고 있을까?

궁금증만 무럭무럭 자라나던
열일곱, 여름방학의 어느 날!

제3부

학교는 입이 크다

찔리십니까?

선생님들이 쓰는 교무실을 왜 우리가 청소해야 하는 걸까요?

찔리시냐고요?

교육청 말은 잘 들으면서

우리들 말은 왜 안 들어주는 거죠?

찔리실 겁니다

똑같은 교복을 입혀 놓아도 우린 결코 똑같은 사람이 아니란 걸
선생님들도 잘 아시잖아요

학교 담을 넘다가 걸렸다

담은 넘으라고 있는 거 아닌가요?
선생님께서는 우리들에게 항상
장애물을 만나면 뛰어넘으라고 하셨잖아요

그런데 선생님, 제 반성문은 왜 찢는 거죠?

웃기는 짬뽕

잠 안 잤어요
눈만 감고 있었는데요

이 자식 봐라
완전히 웃기는 짬뽕이네

선생님은 내가 중국집 배달 알바 한다는 걸 알고 있었을까?

학교는 입이 크다

저기 먹잇감이 오시네
줄지어 떼 지어 오시네

고래가 새우를 삼키듯
아침마다 큰 입을 벌려
꿀꺽, 꿀꺽, 삼키고는
아무 일 없었던 듯
침묵 속으로 빠져드는

학교는 입이 크다
너무 커서 말이 안 통한다

교훈 뒤집기

우리 학교 교훈은
정말 교훈적이야

바르고
굳세고
성실하게

아무래도 뒷부분이 빠진 거 같아
가령 이런 말

여러분을 가둬 놓고 있습니다

하파타 순

내 이름은 강나리
개나리라고 놀릴 때마다 화가 나지만
더 화딱지 나는 건
출석부 1번은 언제나 내 차지라는 것

1번부터 나와!
1번부터 풀어봐!
1번부터 줄 서!

출석번호는 왜 항상 가나다 순이죠?
하파타 순으로 하면 안 되나요?

정답이 뭘까요?

※ 다음 글을 읽고 '거기'에 해당하는 말로 가장 어울리는 것을 고르시오.

어른들이 말했습니다. "**거기**에 너무 매달리지 마라. 잘못하면 다칠 수도 있단다." 학생들이 대답했습니다. "매달리라고 만들어 놓은 거 아닌가요?"

① 난간　② 성적　③ 옥상　④ 놀이기구　⑤ 그네

운명교향곡

베토벤이 청각을 잃고 썼다는
운명교향곡

빠바바~밤
운명은 이렇게 문을 두드린다고 말한
베토벤은 천재였다지

귀머거리도 아니고
천재도 아닌 나에게
운명은 어떤 소리로 다가올까?

저벅저벅!
드르륵!
이어지는 학주의 목소리

방금 유리창 깨고 도망간 놈 나와!

나는 귀머거리가 아니라서

운명의 소리가 비켜가지 않는구나

하필이면

1교시가 체육시간이라
급하게 옷을 갈아입는데
하필이면 담배를 흘릴 게 뭐야

누가 볼세라
흘린 담배를 잽싸게 줍는데
하필이면 담임에게 걸릴 게 뭐야

교무실로 끌려가
구석에서 벌을 서는데
하필이면 엄마 얼굴이 떠오를 게 뭐야

왜 아빠와 헤어졌냐고
지금부터라도 함께 살자고
하필이면 아침부터 엄마 속을 긁어대고 말았지 뭐야

밥도 안 먹고 나오면서

엄마가 주머니에 넣어준 돈을 만지작거리다가
하필이면 끊었던 담배 생각이 났지 뭐야

배울 學

공부에는 어차피 끝이 없다는데
조금 천천히 하면 안 될까?

공자님이
학이시습지(學而時習之)면 불역열호(不亦說乎)라
배우고 때로 익히면 또한 기쁘다고 하셨지만
나는 기쁨을 느껴본 적 없으니
교과서 안에 갇힌 공자님은
얼마나 답답하실까?

학교, 학원, 학생……
배울 學이 들어간 모든 낱말이 싫어지는
지금 이 순간이
먼 훗날
내 삶에 어떤 무늬로 새겨질지 몰라도

배울 學

복잡한 획만큼이나
내 심사가 꼬여 있는 탓일지도 모른다고
자꾸만 나를 자책하게 만드는

학문을 항문으로 읽을 때만 조금 즐거워지는
평생에 친해질 것 같지 않은
배울 學

고3열차

내가 타고 있는 이 열차가 KTX였으면 좋겠어
초고속으로 달려 어서 빨리 종착역에 도착할 수 있게

비싼 값을 내고 올라탔으면서도
칸칸이 암실 같은 구조로 짜여
차창 밖 풍경을 감상할 여유마저 없는
이 막막한 지옥철에서 하루 빨리 벗어나고 싶어

쇠바퀴 소리만 요란할 뿐
간이역 같은 데는 서지도 않으면서
귀머거리 기관사와 검표원이 한없이 느리게 끌고 가는
고3열차

달리다 저절로 탈선이라도 해 주었으면
차라리 쇠바퀴 속으로 들어가 쉬었으면

좋아할 수 없는 이유

배스킨라빈스는 싫어요
스타벅스도 싫어요

애국자냐고요?

대학 다니는 언니가
등록금 벌러
알바 하러 가는 곳들이에요

대학 들어가면 나도
도서관 대신
그곳으로 가야 할지 모르거든요

가여운 술래

보충수업꽃이 피었습니다
보충수업꽃이 피었습니다
보충수업꽃이 피었습니다
보충수업꽃이 피었습니다
보충수업꽃이 피었습니다
보충수업꽃이 피었습니다
보충수업꽃이 피었습니다
보충수업꽃이 피었습니다
보충수업꽃이 피었습니다

보충수업꽃 지기도 전에
야자꽃이 또 피었습니다

제4부

날개의 행방

바오밥나무

마다가스카르 섬으로 가자
가서 바오밥나무를 만나자

나는 왜 이렇게 못생겼을까?
불평을 참다못한 하느님이
뿌리를 뽑아 거꾸로 심어버렸다는 나무
그래서 가지가 뿌리를 닮았다는 나무

우리 집은 가난해서 성형수술을 못 하니
마다가스카르 섬에 가서 하느님께 빌자
내 얼굴을 땅에 박아주세요
차라리 발바닥이 하늘을 향하게 해주세요

저기 바오밥나무 한 그루 걸어오네
번번이 입사면접시험에서 떨어지는 졸업반 우리 언니!

화산 지대

지구의 가슴은 용암을 품고 있다
용암의 존재를 잊고 살던 사람들이
화산이 터지면 그제서야 화들짝 놀라 피하느라 난리다

사람들도 저마다 용암을 품고 있다
언제 폭발할지 모르는 위험한 짐승!

항상 모자라고 바보 같던 성필이가
용호에게 급식판을 날리던 어제 점심시간에
나는 용암의 불꽃을 보았다

내 가슴 어디께 용암이 끓고 있는지 모르지만
가끔 꿈틀거리는 걸로 보아
나 역시 위험한 짐승임이 분명하다

그러니 건드리지 마, 건드리지 말라고!
내가 나를 다독일 때면

저 깊은 곳의 용암이 피시식, 꺼지는 소리를 내기도 한다

의자는 의자다

책상은 책상이고
그렇지?

그런데 나는 왜
내가 아닌 것 같을까?

내 안에 나도 모르는
누군가가 있어
나를 조종하는 것만 같은

이 낯섦의 정체는 뭐지?

어느 날은 사나운 사자가 들어 있다가
어느 날은 순한 양이 앉아 있기도 하는

오락가락, 갈팡질팡, 뒤죽박죽……
이런 걸 혼돈이라고 한다지

어쩌다 착한 내가 되었을 때
곰곰 생각해보니

내가 아직 내 몸에 맞는 의자와
내 취향에 맞는 책상을
찾지 못했기 때문이 아닐까 싶어서

의자가 의자라면 나는 나고
책상이 책상이라면 너는 너다
혼자 큰소리로 외치고
의자를 끌어당겨 책상 앞에 앉았더니
마음이 조금 차분해졌다

운동장에서

넘지 말아야 할 선이 있지
축구 할 땐 공이 넘어가면 안 되고
농구 할 땐 사람이 넘어가면 안 되는
저 냉정한 선들

아웃!

심판의 호각소리는 잔인하지만
한 번도 선을 넘지 않고 진행되는 시합을 본 적 있니?

그러니 미리 두려워하지는 마
뛰지 않으면 부딪칠 일도, 넘어질 일도 없지만
뛰지 않으면 관중의 함성도 없지

넘어간 공이 다시 너에게 날아오잖아
피하지 말고 가슴으로 공을 받는 거야
공과 함께 날아오르는 거야, 힘껏!

무엇보다 하늘에는 선이 없잖아

바둑의 도(道)

내가 바둑을 좋아한다고 하면
친구들이 별 이상한 놈 다 보겠다는 표정을 짓는다

그래서 나는 삼촌하고만 바둑을 둔다
검은 돌과 흰 돌만 있는 바둑판
그 안에서 벌어지는 수 싸움이 내 영혼을 빨아들인다

처음에는 아홉 점을 깔고 두다가
지금은 석 점까지 왔으니
올해가 가기 전에 두 점으로 줄이고
내년에는 맞바둑을 두어야지

나이는 아무리 노력해도 삼촌을 따라가지 못하지만
바둑만큼은 삼촌을 넘어서는 날이 올 수도 있다

나는 지금 검은 돌을 들고 진격 중이다
생사를 건 싸움 속에서 죽었던 말이 살아나기도 하는 기적

을 위해
　딱! 소리 나게 돌을 얹는 순간
　모든 싸움은 돌이킬 수 없다는 걸
　친구들도 언젠가는 깨닫게 되겠지

날개의 행방

높이 나는 새가 멀리 보고
일찍 일어나는 새가 벌레를 잡는다

하지만 우린 날개가 없잖아요
압수해 간 날개부터 돌려주고 말하세요

잠자는 공주가 부러운 날

아프리카에 사는 체체파리야
너에게 물리면 까무룩 잠이 든다는데
더운 데서 고생하는 동물만 물지 말고
여기 와서 나 좀 물어다오

학원과 과외에 지친 나는
잠 좀 푹 자보는 게 소원이란다

내가 학원에 가서 찾기 힘들면
나를 지나치게 사랑하는
우리 엄마라도 물어서 재워 다오

더도 말고 덜도 말고
한 달에 한 번씩만 와서 물어다오

돌직구

나랑 사귈래?
수지의 말에

너같이 못 생긴 애랑 내가 왜 사귀냐?
완규가 날린 돌직구

수지의 얼굴이 빨개졌을까?
천만에!

꼴에 나쁜 남자 티까지 내냐?
되돌아온 돌직구

키 작은 향나무

우리 학교 향나무는 키가 작다
작아도 비싸고 귀한 나무라는데
나는 왜 귀한지 모르겠다

작은 것이 아름답다, 같은 말도
내 귀에는 들어오지 않는다

커서 아름다운 것들이 얼마나 많은데
내 키도 훌쩍 자라면 좋겠는데

작은 고추가 맵다지만
매워봤자 고추 아닌가

향나무를 볼 때마다 나는 슬프다
향나무가 나를 볼 때도 같은 마음이면 좋겠다

가물치 덕

할머니
내 얼굴은 왜 이렇게 까매요?

니 엄마가 널 가졌을 때
내가 가물치를 고아 먹여서 그런갑다

가물치 대신 꽃잎을 달여 주셨으면
꽃미남으로 태어났을 텐데요

그랬다간 꽃잎처럼 벌써 지고 말았을겨
가물치 덕에 니가 펄펄 뛰댕기는 줄이나 알어

그래도 나중에 내 색시한테는
가물치 같은 건 안 먹일 거예요

색시한테 장가갈 마음은 있는 걸 보니
그것도 다 가물치 덕인겨

대통령감

우리 아버지가 대통령은 거짓말쟁이라고 했다
그렇다면 내 친구 동삼이도 대통령 할 수 있겠다
게임에서 지면 떡볶이 사 준다고 해 놓고
그런 말 한 적 없다며 딱 잡아뗀 게
벌써 몇 번짼지 모른다

김밥천국

쓰다 만 일기

엄마는 천사예요
천사가 없으면 천국이 아니잖아요
그러니 엄마는 천사가 맞아요

엄마가 김밥 한 줄 말 때마다
하늘에 계신 아빠가
여보, 미안해
소리 죽여 울고 있는 게 보여요

씩씩한 천사 엄마
엄마까지 울면 안 돼요
엄마……
엄마……

책보다 거울

책은 안 보고 거울만 보는 이유가 궁금하다고요?
선생님도 거울을 들여다보세요
거기 선생님 얼굴이 비치죠?
그래서 보는 거예요
세상에서 자기 자신이 가장 소중하다고 하신
선생님 말씀처럼
소중한 내가 잘 있는지 살펴보는 중이에요
책에는 얼굴이 안 비치거든요

지금은 나를 찾고 있는 중이니
선생님, 모른 척 지나가 주실래요?

이상한 자매

나보다 겨우 한 살 많은 주제에
나는 중학생, 지는 고등학생이라고 말을 높이란다

기가 찬 내가
앞으로 언니님이라고 부르겠다고 하니
입이 헤 벌어진다

언니님, 배고픈데 라면 끓여 먹을까요?
언니님, 이 머리띠 나한테 주면 안 돼요?

우리 둘이 노는 꼴을 보더니
엄마가 어이없다는 표정을 짓는다

그러거나 말거나
언니님, 언니님!
부르며 졸졸 따라다녔더니 이제 그만하란다

흥, 나한테 동생님이라고 부를 때까지
그만두지 않을 거다

열일곱 나의 친구에게

세월호가 가라앉던 날
7교시에 방과후수업에 야자까지
정해진 일과는 빈틈이 없었다
어른들이 제일 먼저 달아난 선장을 욕하고
어른들이 대통령을 잘못 뽑았다며 탄식하고
어른들이 대한민국이 함께 침몰했다며 분노하는 동안
우리는 교실 안에 잘 갇혀 있었다
수학여행도 체육대회도 취소하고
교실 안에서만 지내라고 했다
며칠 후에 치러진 중간고사 때는
정답은 시험지 안에만 있다고 했다
안에 있는 게 안전한 거라고 했다
안에서 가만히 기다리면 된다고 했다

그렇게 기다리다 보면 어른이 되겠지
어른이 되어서도 기다리겠지
무얼 기다리는지도 모르고

가만히 앉아서 눈 감고 기다리다 보면
아, 저기 누가 오고 있구나
반갑게 손을 흔들고 싶은데
돌연 컴컴하고 아득하고 검질기게 들러붙어
숨구멍을 틀어막는 이 괴물은 뭐지?
소리도 지르지 못하고 순식간에
4월 16일의 진도 앞바다로 끌려 들어가는 악몽을
일상처럼 거느리고 살게 되겠지

이제 그만 밖으로 나오너라
어서 빨리 나오너라
부름의 시간은 언제나 너무 늦었고
야자를 마치고 집으로 돌아가는 길에
어, 내 친구는 어디로 갔지?
나도 모르게 중얼거릴지도 몰라
정답과 오답이 뒤바뀐 답안지를 들고
차가운 물속으로 하염없이 잠겨 들어간

친구야
친구야
친구야
부르다 왈칵 눈물이 쏟아질지도 몰라

너와 나는 똑같은 열일곱
먼 훗날 나의 열일곱을 생각하다
영원히 열일곱으로 남은 너를 떠올릴 테지
가만히 기다리라는 말, 세상에서 가장 잔인한
그 말도 함께 떠올릴 테지
그때까지도 기다리고 있을지 모를
친구야
친구야
친구야

내가 청소년시를 쓰는 이유

교사의 길로 접어든 지 27년이 넘었습니다. 고등학교를 거쳐 지금은 중학교에서 학생들을 가르치고 있으니, 참으로 많은 시간을 청소년들과 함께 보낸 셈입니다. 고등학생 시절부터 시인이 되고 싶다는 마음을 품고 있다가 뒤늦게 시인이라는 칭호를 얻게 된 지도 17년이 되었군요. 역시 적지 않은 시간을 시와 더불어 살아 왔다고 하겠습니다. 그렇게 많은 시간을 교사와 시인이라는 역할에 바쳐 왔다면 지금쯤 꽤 괜찮은 교사와 시인이 되어 있어야 할 텐데, 돌아보면 부끄럽고 초라한 느낌을 지울 수 없습니다. 가진 것을 다 바쳐 열과 성을 다하지 못했기 때문이겠지요. 어쩌면 가진 것 자체가 부족했을

지도 모르겠습니다. 그럼에도 여전히 교사와 시인이라는 두 개의 끈을 붙들고 있으면서, 아직은 그 자리에서 내가 할 수 있는 것이 조금은 있을지도 모르겠다는 말로 위안을 삼곤 합니다.

그러다가 2010년에 박성우 시인이 쓴 『난 빨강』이라는 제목의 시집을 만나게 됐습니다. '우리 10대들을 위한 첫 번째 청소년시집'이라는 타이틀을 달고 있는 책이었습니다. 시집을 읽으면서 왠지 모를 부끄러움을 느꼈습니다. 청소년들을 가장 많이 만나고 청소년들의 삶을 가장 가까이서 들여다보고 있던 교사 시인이 아니라 일반 시인이 먼저 청소년들을 위한 시를 썼다는 사실 때문이었을 겁니다. 교사이자 시인으로서 일종의 직무유기를 하고 있었다는 자책감이 들면서 이제부터라도 청소년들을 위한 시를 써봐야겠다는 생각을 했습니다.

그러는 동안 몇몇 시인이 또 다른 청소년시집을 펴내기 시작하면서 자연스레 '청소년시'라는 말이 사람들 입에 오르내리기 시작했습니다. 그전까지는 낯선 말이었던 것이 어느 정도 사회에서 통용되는 말이 되기 시작한 것이지요. 그동안 '청소년소설'은 셀 수 없을 정도로 많이 나왔지만 '청소년시'는 이제 걸음마 단계에 지나지 않습니다. 그리고 '청소년시'라는 개념과 장르가 사라지지 않고 오래도록 이어지게 될

지 장담할 수도 없습니다. 하지만 '이미 태어나 있는' 존재 자체를 부인할 수는 없는 일이니, 가능하면 잘 살리고 키워보면 어떨까 싶은 마음을 가지고 있습니다.

이쯤에서 '청소년시'라는 말에 대해 거부감을 가지고 있는 사람들도 있다는 얘기를 해야겠군요. 이런저런 자리에서 그런 얘기를 들은 바가 있으니까요. 그분들의 주장은 크게 두 가지로 살펴볼 수 있겠습니다.

우선 '청소년시'라는 말이 상업적인 목적에서 비롯된 것이 아니냐는 지적입니다. 시를 책으로 묶어서 서점에서 판매한다는 측면을 놓고 볼 때, 시 역시 돈으로 교환되는 상품임을 부인할 수 없습니다. 그렇다면 출판사는 이왕이면 많이 파는 것을 목적으로 할 테고, 그러한 영업 전략에서 '청소년시'라는 개념을 만든 것이 아니겠느냐는 겁니다. 인터넷이 발달한 요즘에는 예전과 달리 책이 잘 팔리지 않아서 문을 닫는 출판사들이 많습니다. 문학 분야, 특히 시집 같은 건 더욱 팔리지 않는 상품이 된 지 오래입니다. 그나마 '청소년'이라는 말을 붙이면 부모들이 그런 책들을 골라서 자녀들에게 사주고, 학교 도서관에서도 우선 구입해서 비치해 놓으니 출판사로서는 솔깃한 방법이 아닐 수 없습니다. 거기에 작가와 시인들이 호응해서 너도나도 청소년 출판물 시장에 뛰어들고 있다는 진

단이 나오는 거지요. 이러한 지적은 상당 부분 타당성을 지니고 있습니다.

다른 비판은, 청소년들에게 그냥 좋은 시를 찾아서 읽히면 되지 굳이 '청소년용' 시를 따로 만들 필요가 있냐는 겁니다. 지금까지 수많은 시인들이 세상에 내놓은 무수한 시들이 있고, 그중에는 청소년들이 충분히 이해하고 감상할 수 있는 좋은 시들이 많다는 거지요. 나아가 '청소년용'으로 제작된 시들이 청소년 눈높이에 맞춘다며 시의 수준을 떨어뜨린다면 오히려 시를 망치는 일이 될 수도 있다고 합니다. 귀담아 들을 만한 말입니다. 사실 대부분의 나라에는 '동시'라는 개념도 없다고 합니다. 시 중에서 어린이들이 이해할 만한 작품을 골라서 읽히고 있고, 시인들도 굳이 시가 아닌 동시를 따로 쓴다는 생각을 하지 않고 쓴다는 겁니다. 그러니 시와 동시를 구분하고, 나아가 청소년시까지 따로 떼어놓는 건 우리나라만의 독특한 문화임에 틀림없습니다.

하지만 앞서 말한 비판들에 어느 정도 수긍하면서도 나는 청소년시를 씁니다. 참, 얼마 전에는 동시집을 내기도 했군요. 그렇다면 시와 동시, 그리고 청소년시는 서로 어떤 차이와 연결점이 있는 걸까요? 이론을 들어 설명하는 건 평론가나 연구자들이 할 일이겠지만, 대체로 다들 동의하는 지점은 세

가지 모두 본질은 시라는 겁니다. 이 말은 동시라고 해서 무조건 쉽고 예쁜 말로만 써야 하는 게 아니며, 청소년시 역시 청소년의 입맛에 맞는 언어와 내용으로만 채워서는 안 된다는 말입니다. 따라서 동시는 어린이와 어른이 똑같이 재미와 감동을 느끼며 읽을 수 있어야 하고, 청소년시 역시 마찬가지입니다. 그래서 동시나 청소년시도 시가 요구하는 일정한 수준에 도달할 수 있어야 하며, 그에 걸맞은 공력을 들여야 합니다.

그렇다면 동시의 영역은 어디까지이고, 청소년시의 영역은 어디까지일까요? 이 말은 이렇게 뒤집어서 생각해 볼 수도 있겠네요. 시 중에서 어린이들도 충분히 느끼고 이해할 수 있는 게 동시가 아닐까 하고 말이지요. 같은 기준으로 청소년시도 비슷하게 정의를 내려 볼 수 있겠습니다. 청소년들의 감성과 이해 수준, 그리고 그들의 삶에 밀착한 시라고 말이지요. 물론 이러한 정의가 충분치는 못합니다. 우선 청소년이라는 개념이 포괄하고 있는 범위가 모호한 측면이 있거든요. 중학생과 고등학생의 인식 수준은 제법 커다란 차이가 있고, 같은 고등학생이라도 고1과 고3의 수준은 또 다를 테니까요. 같은 문제의식에서 동시도 유아용 동시, 저학년용 동시, 고학년용 동시로 나누기도 합니다. 또 다른 문제로는 자칫하면 소재를 청소년들의 생활로만 국한할 경우 시가 지닌 자유로운 상상

력을 위축시키거나 고정시키고, 사물과 세상에 대한 새로운 해석, 나아가 인간의 삶과 우주의 비밀을 파고드는 탐구정신을 사라지게 할 거라는 겁니다. 지나치게 청소년들의 관심을 끌기 위한 쪽으로만 몰고 가면 시의 세계를 좁게 인식하도록 하는 부작용을 낳을 수 있다는 거지요.

그런데 시는 과연 어떤 걸까요? 많은 사람들이 그동안 시는 이런 것이라고 정의를 내려왔지만 사실 시에 대해 완전무결한 정의를 내리는 건 불가능합니다. 시의 영역은 무한대입니다. 이 세상 모든 것이 시의 소재가 될 수 있으며, 시의 형식 역시 원래부터 이런 것이라고 고정된 것이 없습니다. 지금도 시에 대한 개념과 형식은 끊임없이 변화하고 있습니다. 실험정신으로 충만한 탓에 시를 쓴 사람만 이해하거나 그 자신조차도 이해하지 못하는 시가 있는가 하면, 신문기사를 그대로 옮겨 놓은 다음 시라고 주장하는 경우도 있습니다. 그러니 시란 이런 것이라고 미리 정의해 놓고 들어간다거나, 마찬가지로 청소년시는 이런 것이어야 한다고 주장하는 것은 자칫 말놀음으로 그칠 수도 있습니다. 더구나 청소년시는 이제 막 탄생했으니 지금부터 틀을 만들어가는 수밖에 없으며, 조금 더 지난 다음에 정의를 내려도 늦지 않을 겁니다.

말이 길어졌군요. 이제 내가 왜 청소년시를 쓰고 있는지를 말해야 할 차례입니다. 아주 간단하게 이야기하면 청소년을 위해서 씁니다. 청소년시가 아니라도 청소년들은 원하든 원치 않든 시를 접하며 살아갑니다. 학교에 다니는 청소년들이라면 교과서에 실린 시들을 외면할 도리가 없습니다. 시험을 보고 좋은 성적을 받아야 하니까요. 그러다 보니 시를 시로 대하는 게 아니라 문제풀이 대상으로 보게 되고, 더구나 자신의 고민과 전혀 상관없는 시를 억지로 배우는 동안 시는 나와는 상관없는 먼 나라의 주문 같은 것쯤으로 여기게 됩니다. 그런 점이 우선 안타까웠습니다. 나 역시 교과서에 갇힌 수업을 진행하고 그 안에서 문제를 내곤 했으니, 비판받아 마땅합니다. 그런 내 죄를 조금은 탕감 받는 동시에 청소년들이 조금이나마 시를 가까이하면서 마음에 담아 두도록 하고 싶었습니다.

한편 청소년들을 위로하고 싶은 마음도 있었습니다. 대한민국 청소년들은 세계 여러 나라의 청소년 가운데 가장 불쌍한 청소년들에 해당한다고 해도 크게 틀린 말은 아닐 겁니다. 경쟁 만능의 사회가 쳐놓은 그물에 갇힌 청소년들의 찢긴 날개를 어루만져주고 싶었다고나 할까요? 학교도 사회도 청소년들에게는 포근한 공간이 되어주지 못하며, 오히려 억압의 공간으로 작용하고 있는 게 사실입니다. 그 안에서 주어진 답안만을 외우도록 강요당한 청소년들의 비극성이 세월호 참사로 이어졌다고 할 수 있습니다. 어른과 교사들의 반성이 절실히 필요한 시점이며, 이제라도 청소년들에게 말할 자유와 공간을 과감하게 열어주어야 합니다. 지금까지 우리 사회는 청소년들에게 제대로 된 발언권을 주지 않았습니다. 자신들의 말을 풀어 놓을 공간이 부족한 청소년들은 또래끼리 카톡방에서 주고받는 말로 스트레스를 풀거나 자신들의 고민을 해결합니다. 청소년들이 카톡방에서 주고받는 말들은 대부분 공적인 자리에서는 하기 힘든 말들입니다. 그런 말들을 끄집어내도록 할 수는 없을까요?

청소년들이 직접 쓴 시를 묶어서 낸 책들도 여러 권 세상에 나와 있습니다. 어쩌면 그렇게 청소년들이 자신들의 언어로 스스로 말하게 하고, 그런 결과물을 서로 돌려가며 읽게 만드는 것이 훨씬 중요하고 의미 있을 겁니다. 그럼에도 성인이 쓴 청소년시가 필요할 수도 있겠다고 여기는 건, 그런 작업과 동시에 청소년들의 마음과 생활을 들여다보고 그걸 시로 표현해 주는 어른들도 있어야겠다는 생각 때문입니다. 그렇게 함으로써 자신들도 미처 보지 못했던 부분들을 다시 보게 해 줄 수도 있고, 조금 더 정제된 언어로 표현함으로써 시라는 언어예술의 힘을 전해줄 수도 있지 않을까요? 조금은 비약일 수도 있으나 청소년시가 필요 없다면 동시도 필요 없을 겁니다. 아동문학계에서는 어린이들이 직접 쓴 시는 '어린이시',

어른이 쓴 시는 '동시'라는 말로 구분을 합니다. 어린이시 중에도 참 좋은 작품들이 많습니다. 그렇다고 해서 어린이시만 살리고 동시는 없애자고 하지는 않으니까요.

내가 쓴 청소년시들이 청소년들의 삶을 얼마나 제대로 표현하고 있으며, 또 얼마나 뛰어난 문학성을 갖추고 있는지 잘 모릅니다. 아마도 부족한 점이 많을 거라는 생각을 합니다. 다만 다양한 측면을 다양한 방식으로 풀어보려고 했다는 점만은 밝혀 두고 싶습니다. 그래서 가볍고 재미있게 읽을 수 있는 작품도 있고, 학교와 사회의 모순을 비판하는 작품도 섞여 있습니다. 앞서도 말한 것처럼 시는 그 틀이 무한히 넓으며, 시를 통해 얻을 수 있는 기쁨도 무척 다양합니다. 감동이나 위로를 받을 수 있는가 하면, 말놀이를 통한 재미와 즐거움을 얻기도 하고, 사람과 세상에 대한 새로운 시각을 깨달을 수도 있습니다. 무엇이 되었건 자신이 받아들이고 느낀 만큼만 얻으면 그걸로 충분하다고 생각합니다. 영 재미없으면 그냥 집어던지면 되고요.

마지막으로 이 시집에 실린 시들을 청소년뿐만 아니라 어른이나 교사들도 함께 읽었으면 하는 바람을 가지고 있습니다. 동시를 어린이와 어른이 함께 읽고 즐기듯 청소년시도 그렇게 되면 좋겠습니다. 어른과 교사들이 청소년이라는 존재에 대해 과연 얼마나 제대로 알고 있을까 하는 의문을 가지고 있기 때문입니다. 나아가 내 시를 읽고 청소년들이 자신의 이야기를 시로 써보고 싶다는 생각을 하게 된다면 더 바랄 것이 없겠습니다.

박일환 시집
학교는 입이 크다

초판 1쇄 발행 2014년 7월 14일
초판 4쇄 발행 2018년 2월 5일

지은이 박일환
펴낸이 오은지
기획 변홍철 **표지디자인** 정효진
펴낸곳 도서출판 한티재 **등록** 2010년 4월 12일 제2010-000010호
주소 42087 대구시 수성구 달구벌대로 492길 15 **전화** 053-743-8368 **팩스** 053-743-8367
전자우편 hantibooks@gmail.com **블로그** www.hantibooks.com

ISBN 978-89-97090-34-1 43810
책값은 뒤표지에 있습니다.

이 도서의 국립중앙도서관 출판시도서목록(CIP)은 e-CIP홈페이지(http://www.nl.go.kr/ecip)와
국가자료공동목록시스템(http://www.nl.go.kr/kolisnet)에서 이용하실 수 있습니다.
(CIP제어번호: CIP2014020097)